詩集

40 人

神谷和弘

星 和 書 店

Seiwa Shoten Publishers

2-5 Kamitakaido 1-Chome
Suginamiku Tokyo 168-0074, Japan

目次

詩集　40人

統合失調症

わたしはどうすればいいの
二十三歳のみそらで
アルバイトもできない
なぜ?

わたしはどうすればいいの
時々わけのわからない恐怖に襲われる
あれはなんなの
世界の底が抜ける

わたしはどうすればいいの

もうあまり頭がごちゃごちゃする感じはなくなった
変なささやき声も薄らいだけど、
とほうにくれる
ほかの子たちはみんな働いているのに

お医者さまはなまけているんじゃない、
病気なんだ、治療が必要なんだっていつもいう
でも、なんだかごまかされているみたい
未だになにもできないじゃないの！

わたしはどうすればいい
わたしはどこにいく
わたしはなんなの？
しつこくまとわりつく疑問
いや、疑問ともちがう、

感覚。

お薬を飲むと少し落ち着く
ただぼーっとするだけのときもある
もちろんそれもいいのだけれど。
デイケアに行くように言われるけど
そこもわたしがいくところじゃない

わたし、居場所がないの
居場所がないの
居場所がないのよ
この世に

このごろ、この世ってこともなんだか
分からなくなってきた

外に出る気もなくなった
真っ暗な部屋でただじっとしていたい
だって光が
わたしをいじめるのよ

土蜘蛛

わたし死のうと思ったのかしら
あの海岸の、岩がごつごつころがった殺風景な場所で
足を滑らしたのかなあ
なんだかわからない
今は無明の中

遠くにはいつもの見慣れた発電所が見えた
ちょっと寒かった
もう十一月になろうとしていたもの
海をなぜか見に行きたくなったの
一人で

三十歳にもなって
仕事もなく
ボーイフレンドもなく
いや、友達もなくて
親のところにただ仮住まいしているみたいで

海が見たくなった
海の先まで見たくなった
海が誘った
最後の小岩の上までいってみた
すべった、
天と地が反対になった

ソナチネまで全部弾けたのに

急に弾く気をなくしたの
高校生のとき。
ふと、平安時代の「土蜘蛛」の霊が私を呼んだのよ
こっちへ来いって

あれからのわたし
なんだったのかしら

親たちはびっくりして
お祓いに連れて行かれて
霊媒師とかいう人のところにも行ったわ
最後は病院。
なんだかヘンな薬を飲まされて
時々飲むふりして吐き出してたけど

先生がおもしろかったから
入院もしばらくしてあげた

それから十年
一ヶ月に一度、
薬をもらいに行く。
話すこともない
土蜘蛛のことなんてわたしも段々忘れた

けど
なにもないのよ
することが
なにもないのよ
なにもする気も起こらないのよ・・・

海に行ってみた
さびしいってこともない
もちろん楽しくもない
なにもないのよ
だから小岩の上に乗ってみた

さびしくもないのよ
かなしくもない
くるしくさえもない
ただなにもないのよ、
なにも

すべった
無明の中へ
ここがわたしの居所なんだわ

そうよ
たぶん、
十年前にあの土蜘蛛が招いてくれたところ

ガンモ

どこかなあここ　あそことあまりかわらない
ひかりがない　あそことかわらない
ガンモがいる
わたしのあしのつめにすんでいたもの

あんなにちいさい　むしみたいなひとだったのね
ガンモがいうには　びょういんにわたし
四十年いたんですって
でもどこのかはしらない

けんさしないといけないって

けんべんを　なんどもせんせいからいわれた
でも**ぜったいに**　いやだった

きゅうになにか　おなかがいたいかんじがして
あとちょっと　いきぐるしいきもした
それからちょっとしたせんを　またいだきがしたけど
くらいのは　いっしょよ

いままでしんでいたのが　ここではいきているって
ガンモがいっている
あのよでは　とうごうしっちょうしょうなんて
へんなよびなで　よばれていたんですって
まいにち
まいにち

まいにち
まいにち
まいにちをかさねて十四まんにち
ねておきて
ただろうかをあるいて三百三十六まんじかん

それいがいすることがおもいつかなかったのだもの

あ、あそこのかべになにかかいてある
しょうわ四十六ねん五がつ九にち
「風うなる音の聞こゆる冬の夜半
独人静かに星見入る我れ」
そんなひもあったかしら

ずっと独人だったわ・・・

死人《しびと》

いつからはじまったのかしら
死人が
わたしを見るのは

とおくから
あの窓から
わたしを見る

死人がわたしにつきまとう
子どもの頃は
アメリカで勉強したいと思ってたのに

つきまとう
だれですか
あなたは

死んでいるのに
見ている
なぜなの

ときどきは
意地悪なことさえ言う
いったいだれなの

でもそこにいるのよ
死んでいるくせに

たしかに
死人《しびと》
ああ、手さえ振っている
腹が立ってくるわ！

あのお父さんの車が悪いのだわ
あれをこわさなきゃ、
石を投げてやろう・・・

それでわたしは
今、どこ、
病院？アメリカは無理？
先生が死人のことをきいている

いるのよ、
あそこに！

ターミナル

混乱している
荒涼としている
脳の配線はずたずただ
信号はカオス
意味をなさない
意味を作るのが人間
（意味とはなにかほんとはだれもしらないくせに）
俺は人間じゃないらしい
そうかもしれぬ

頭が痛くても気にならない

肺炎になろうが心配でもない
とこづれができようが何も感じない
ごはんだって食べようという気はない
ただ誰かが口元におかゆをもってくるので
飲み込むだけさ

歩こうとも思わない
くつうでもない、
いつか足を骨折してからねたきり
くつうという感覚が存在しない

混乱している
意味をなさない
世界は、
意味に興味がない

何にも興味がない
何にも興味がない
興味がないことにも興味がない
興味がないことも、感じてない

四十年前美術学校に入って絵をずいぶん書いたけれど
ある日わけのわからぬ恐怖が突然襲ってきた
死が体にべっとりとりついた
二十四時間つきまとう、
ぬぐいきれない恐怖！

もちろん死のうと決めたのさ
深いナイフの傷が右手の前腕に今でも残る
それからのおれは、ばらばらなんだ

おればばらばらなのだ
おればばらばらなのだ
だけどきっと人類はさいごには、
おれみたいになるのさ・・・

だって造られたものは壊れる
アハハハ

わらうのもおれじゃない

（介護）

寝たきりで

この人はただ、あーあー言うだけ
ときどきベッドの上の方を見て両手をゆらゆらさせる
なにかもごもご言っているが
意味は全く分からない
六十一歳の、
老人っていってていいのかしら

機嫌のいいときは良くご飯も食べてくれる
機嫌が悪いと
口から吹きかけてくることもある
顔にもろにあたったこともあった
さすがにあのときは腹が立ったけど。

何のためにこの人を介護してるんだろう、って
ふと

思う
この、多分自分が生きているか死んでいるかも
分からない人。
そりゃ、仕事だけど

統合失調症の終末期なんですって
足を骨折して四年前から寝たきり
でもなんだか、介護をしてあげたいの、
このひっそりとした
片田舎の精神病院で

かわいそうなんて、全然思わない
ただ、なぜだか、ご飯を食べさせてあげたいの

若いころは絵を描こうって決めて

芸術大学にいたって聞いた、
そのころに描いたっていう絵が
一枚だけここに残っている

赤い火のような渦巻が
大きな目を向いた男を包もうとしている
この渦巻から逃げたかったのだわ
きっと

回復

あのときはホントにひどかった
死んだ母親と一緒にねて
半年
絶対に誰も入れなかった
たとえお釈迦様が来ようともね

だってお母さんは生きていたんだもの
最後は保健所の人と病院、警察の人も来たらしいわ
むりやり
担架に乗せられて
縄で体をぐるぐるまきにさせられた

強制入院

あれから八年になる
何度も病院を抜け出して
そのたびに
連れ戻されて
でも三年で本当に退院させてくれた
それからグループホームに入り
やがてお菓子作りの作業所に行くようになった
最初は挨拶もせず
作業もせず
煙草ばかり吸ってたけど

やっぱりあの家に戻りたくなった

先生は訪問看護と
作業所と通院、それに町内会長さんに挨拶に行くこと
それが一人暮らしの条件だって
分かったわ、
でも訪問に来ても二階だけは上がらせない

あれから一人で暮らして二年半
約束は守っているわ
診察に行くと
お菓子を先生が買ってくれるのが
意外とうれしいの
でもたばこだけはやめられない
ものすごく値上がりするらしい、
生活をきりつめなきゃ

謎

不思議だな、おれは。
この病院にいて、四十年になる
ただ寝て、起きてだけの日々だったけど
七十を過ぎた今になって頭が冴えて、本の意味がよくわかる

「文芸春秋」を毎月楽しみにしている
芥川賞の作品もこの数年必ず読む
そしたら「ぼくなんかより、今の人の感性がお分かりですね」
と、五十がらみの主治医が言っていた

不思議だな、おれは。

自分でもそう思う
この四十年、ここにいたのだ
親はとっくに死んで
最後に兄貴が来たのが、二十年前だろう

舘野泉という人が、脳卒中になって
左手だけでピアノを弾くとか
ノーベル賞受賞候補の学者がガンで死んだ話とか
そんなことを言ったらやっぱり主治医はえらく感心していた

たしかに不思議だな、おれは。
若いころは・・・暴れたのかな、
眠れなくて、ひどく自信をなくしていたことだけは覚えている
精神分裂病と言われたのだったかな

「四十年治療して、長い長い治療だったけど今は治癒ですよ」と医者が言った
ほんとかもしれないな。
「ある意味であなたは今、最も幸せかもしれない」
とも言ってた

たしかにそうだ、
ここを「第二のふるさと」と今は思っているんだもの
そのことを言ったら
あの主治医、妙によろこんでいた

・・・・・・・・

不思議だな、おれは。

不思議ですね、あなたは、
と主治医も思う

詩集

先生が自作だという詩集をくださった
先生の診察日の前には
かならず
ノートに書き写すの

奈良にいたころは楽しかった
戦後すぐでなにもなかったけれど
鹿だけは元気だった
わたしも元気だったつもりだけど

夜だれかが

犯しにくる
わたしを
だれかが・・・

そうしてこの病院にいて
もう四十年
もうだれも犯しにはこない
でも

もうどこにも行きたくない
ここが好き
とおくのかすんだ
両白山が好き

先生の詩集がうれしかった

昔先生と詩を読んだときがうれしかった
女学生のときの気持ち、そう言ったら
あなただけです、そう言ってくださるのは、と先生は少し笑われた

ここがすきなの
今は
出たくて暴れかけたこともあったけど
今は

どうか
追い出さないで
ここで死にたいのよ
詩集と一緒に

短期精神病状態

それは突然のことだったわ
不動産会社で
いつものようにコンピューターの画面を見ていた
一日中コンピューター見るのが仕事なの
物件を登録し、書き換える
どちらかというと単純なこと
もう三年くらいになるかしら

急に画面がざらついているように感じた
そして画面上の物件が突然壊れて
ああ、これはわたしが修理しないと

とふと思った、
その瞬間、これは暴力団の仕業だと考えついたの

なぜだかわからない
それから会社にいようが家にいようが
どこにいようが暴力団がわたしを狙っているように感じた
それは猛烈な恐怖、恐怖、恐怖！
道行く人がすべて暴力団員だもの！

会社に行けなくなった
もう四十にもなるベテラン社員のくせに
怖くて怖くてたまらない
コンピューターのスイッチを入れようものなら
現れてくるのは暴力団

家族みんながびっくりして
精神科に連れて行かれた
「まず、反応性の一時的なものでしょう」
「病名としては短期精神病性障害かな」
「お薬を飲んでください」
人の気も知らないで、他人ごとのように言う先生
髪の毛もじゃもじゃの
でもちょっとハンサムな先生

三週間したら
暴力団が全く消えた
なんだったのかしら
あれ

うつ病

おれはダメ人間
出世もしなかったし
息子は家で荒れている
息子を指導できない
おれはダメ人間なんだ
五十六にもなって結局何もしてない

嫁には心配かけたなあ
結婚した時はお前もきれいだった
おまえを幸せにしたかった
だがこのざまだ

万年係長、マイホームもない

ダメ人間だ

ああ、眠れないよ
仕事に出てもいらいらして
一向にすすまない、
すまん、みんな。
おれはダメ人間なんだ

病院に行こうっていって
おまえは連れて行ってくれた、
だって首吊ろうとしたのは
三回目だもんな
一回はジャンパーの裾がやぶれて助かったんだったっけ

先生薬くれて、入院の予約したけど
ダメ人間なんだよ、おれは。
息子にも家内にもなにもちゃんとしてやれなかった
同僚は気にするなって言うけど
迷惑かけてすまなかったよ。

頭の中はまっしろ
全然動いてない
薬飲んだって何も感じない
ダメ人間を治す薬があるわけがない
最後にできることは自分で自分を始末することしかない

予約してくれたのに、悪かったけど。先生。
ダメ人間は要らないだろう?

ダメ人間は、
ダメ人間は・・・

妻が電話口で言った、
「先生、亡くなりました」

おれがダメ人間じゃないか、
入院予約なんて悠長なことを・・・
おれがダメ先生

双極性障害

四十五歳で退院してから十年くらいはどうもなかった
ただ薬飲んで、子どもを育てて
だんなはまあいろいろあるけど
仕事はしてくれる。
基本的にはやさしい
大体わたしのようなぶさいくなおんなと結婚してくれたんだもの

二年前、兄が土地のことで文句を言ってきて、あれからおかしくなった
三、四ヶ月は気分が沈んで、本当に何もする気が起こらない
一番つらいのは眠れないことね。
死にたい気分にさえなる

ご飯も主人が作ってくれる・・・でもこの気分はいやでたまらないのよ
ところがいつのまにか急に元気が出てきて
はりきって掃除洗濯、なによりおしゃべりになる
でもそれは短い
一ヶ月もすれば元の黙阿弥、落ち込んでしまう。
その繰り返し、
一体頭の中でなにがおこっているの！

お医者さんはいろいろアドバイスしてくれるし、薬も調合してくれる
一体これって何？
なんで十年もよかったものが、悪くなってしまったのかしら
〝ラピッドサイクラー〟になってるんですって。
何ですか、それ？

でも死んだりはしない。
先生とは長いお付き合いだし
だんなのパチンコぐらい見逃してやるわ・・・

それでも、いつも横になっているときは、つらい
動こうにも、動かないのよ、体が
なんなのこれ、一体

先生。

気分変調症

ああ、なにもおもしろくない
まいにちおとしよりのしものせわ
しょくじをたべさせ
たまにはおふろにもいれてやり

いやなやせぎすのふちょうの
ばかみたいなしじをきき
わかいちゃぱつのこぎゃるの介護師のわらいばなしをきき
(なにがおかしいのかさっぱりわからない)

かえってもひとりで

つめたいへやが
つめたいくうきでまっているだけ
やきんあけなのに

ひるからでるとくべつシフトのときが
いちばんおもしろくない
だからたべる
おいしくもないけど

そしてふとって
このだぼだぼのからだつき
そりゃどんなおとこのこも
みもしないでしょうよ

ああ、おもしろくないのよ

てれびもらじおもえいがもおんがくも
おもしろくないのよ、
・・・つまりはこのよが

あそこのびょういんにいったところで
やぶいしゃが
あいそわらいして
くすりくれるだけ

どうなるのかしらわたし
おもしろくない
おもしろくないなにも
いや・・・ふきげんといったほうがただしいかも

このよなんかくそくらえ

しごとなんか
ばか
なんでこんなにふゆかいなの！

疲れた

疲れたよ
新しいプロジェクトのリーダーに命じられて半年
毎晩日付が変わるまで残業
土日も出る

疲れたよ
子どもとも遊んでやれない
ラインで気楽にやってた時は
野球をしてやったけどな

疲れた

新しいコンセプトの車がいるんだって、
キーワードはエコ
おれに引っ張っていく能力があるのか

疲れたよ
頭がくらくらする
昼飯だっておちおち食えねえ
じゃんじゃん電話が鳴る

くそ、
眠れねえ
どうすりゃ設計屋のいうとおりに
つくれるんだよ

疲れた

限界だ
うるさい！
もう誰も俺に声をかけるな

産業医に会えって言われた
そしたら病院に行けって、
病院の先生いわく
「休みを取って、リーダーをおりるか考えてください」

もちろんおりる、
あっさりおろしてくれた、ありがたい
そしたらすぐに元気になっちゃった。
俺はもとのラインのままが好きなんだよ

うつ状態

そうだ
おれはうつ状態だ
これがそうだ
いや
軽症うつ病と言っていいかもしれない

母がこの世を去って四ヶ月
初めてその人の誕生日だった日を迎えた

電話するその相手がいない
プレゼントをあげるその人がいない

旅行の土産話をする人がいない
悪口を聞いてくれる人がいない

この一ヶ月
なにをしてもさびしい、むなしい感覚がつきまとう

世界は単調
くすんで、モノクロ
ひどい倦怠感と
教科書どおりの早朝覚醒（五時ころに一旦目が覚めるのだ）
ふとんを必死でかきわけて
体を起こし
仕事にはでかけるけれど
薬を飲んだ方がいいのかな

情けない
精神科医のおれが判断がつかない
これがうつ状態だ。
それだけはようやく分かってきた
この動きの鈍い頭でも
だけど自然治癒も時にはあるから・・・

単純なはなし。
気持ちが本当に通じる人がいなくなることほど
つらいものはないのだ

ECT*

言われたほどでもなかった
そんなにガツンとやられた感じはなかった
（うとうとさせるから、そうもないとは聞いてたけど）

おれのうつはひどいんだ
その時期になると体が固まる
「昏迷」というそうだ
はじめて入院したときは五体満足なのに
車椅子で診察を受けた

いくら薬をためしても

いくら見方をかえるようにしどうされても
「昏迷」になるときにはなる
それで
ＥＣＴをという話を医者がしだしたんだ

もう発病して五年くらい、
思い切ってやりますかっていわれたとき
そんなに抵抗はなかった
たいていの人はこわがるらしいけど
だって「昏迷」のときはフリーズしてるんだよ、頭が。
だから解凍するしかない

で、ガツンときた
でもたいしたことはなかった
それを二週間に六回

奇跡が起きたのさ
今まで感じたことのない
晴れ晴れした気分！
医者もちょっと驚いてたみたい
「君のこんな輝いたような顔、初めて見た」って

悲しいかな
それは三週間しか続かなかった
その後は元の黙阿弥
またあのゆううつな暗い日々
眠れない苦しさ

半年してもう一度ＥＣＴをやった
「昏迷」になったからだ

今度は解凍だけはしたようだが
気分は相変わらずだった

つきあっていくしかないみたい
さいわいあのあと昏迷にはなってない
今は作業所でゆっくり自動車部品のねじを巻いている
まあそれも悪くないさ
特に死のうと思っていたころに比べればね

だけど最初のＥＣＴ後の三週間！
あの三週間のためなら、
うつ病だって悪くはないというもんさ

＊Electroconvulsive Therapy：電気痙攣療法

So SAD*

今はそっと花をささげよう
苦しかったその二十五年の人生に
いまはそっと微笑みさえおくろう
安住の地に安らいでいるこころに

最初から大変だと思っていた
ドアを開けて入ってきたときから
やせぎすのちっちゃな女の子
カクカクした奇妙な歩き方

最初から大変だと思っていた

時代遅れのファンキーファッション
頬紅を濃いピンクに塗りつけて
髪は茶色のマッシュルーム

人が怖い
外出できない
気分はめちゃくちゃ
こころない言葉もこたえた

最初から大変だと思っていた
ぼくのまえで
膝をがくがく震わせて
手渡したメモ

大量服薬

拒食に嘔吐リストカット
おまけに
愛犬が目の前ではねられて

あれは遺書だったのだね
最後の言葉にもっと注意を払うべきだった
「もう疲れました」
あれから十ヶ月
わたしも頑張ったつもりだったけど
この世はきみには厳しすぎたのだね
生きていく力がないと思ってしまったのだね
そのひどくおっとりしたしゃべり方と、細い体には

今は花をささげよう
白い一輪のデイジーを

人知れぬ緑の花園に横たわるその右手に
そっとつつんであげよう

生まれつきナイトアイしか持っていなかったのだろうか
否！わたしは信じているよ
そこではデイズアイを見開いていることを
あなたがデイジー**であったことを

＊Social Anxiety Disorder：社会不安障害
＊＊デイジーの名称は、デイズアイ（昼の目）に由来するといわれている

こわい

ぼくはもともとおとなしい
じみ
まじめで目立たない

だれでも叱られたくはないだろうけど
ぼくはとくにいや
嫌われたくない

だからいつも人の顔色をうかがってしまう
嫌われちゃいないかって
怒ってないかって

なんでこんなになったんだろう
母さんのせいかな
母さんは怒るとひどいもの

怖い。それに
まだ入社三年目なのに
クレーム処理なんて・・・

ああ、電話が鳴っている
また文句を言うんだ
どうぼくが答えりゃいいんだ?

心臓はバクバク
手はブルブル

今日は言葉も出ない

係長さんが
病院に行こうって。
嫌われたくない、行こう

先生の前でも怖い、怖い、怖い、
顔を上げるのも怖い
手足がブルブル震えている

三ヶ月の休みとお薬だって?
そんなのできない
仕事をしなきゃいけないもの

怖い、怖いんだ、怖いんだ!

本当は死のうとしたことがある
この怖さより、死の方がましだと思って
・・・・・・・

「嫌われるくらいでいいんだよ」

本当ですか、先生。

薬も必ず効きます。本当ですか。

・・・そうか、嫌われてもいいのか
でもやっぱり
いや、そのくらいの気持ちで
・・・・・・・

クレーム処理は代えてくれた
製造部門に移してくれた、
感謝します。

こんどはつくるのが怖い、なんなんだこれ！
この先どうなるんだろう
仕事の手まで止まってしまう

作業の手元だけ見ろって先生は言うけど
どうしても浮かぶ
この真っ白の怖さ！

そうだ、先生の言うように
いっぺん入院してみよう・・・

母さん、どうかぼくを怒らないで

遅い

おそいの、わたしは
お風呂に二時間
トイレに一時間、
それから便座を拭くのに三十分
おそいの。

朝の身支度が一時間
化粧の濃さがきになる
塗りなおしてもう一度
そしてもう一度ぬりなおして

仕事にはいくわ
生活していかなきゃならないもの
でもやっぱりトイレは一時間
店長は特別に認めてくれてる
（ありがとう）
閉店後の掃除一時間

おそいの、わたし
強迫性障害っていうんですって
思い切って病院に行ったら
言われた
・・・障害と病気って違うのかしら

家では父親がＡＬＳでねたきり
いつも朝四時まで世話してあげる

でも寝たきりだから
わたしはゆっくりでも
誰も困らない

でもやっぱりこまるかな、
ちょっぴり。

お客さんを待たせて怒られたことがあるし
たしかに
他のことをする時間がとられているかな

お医者様はおくすりをくれて
トイレと仕事以外になにをしたか書いてくるようにおっしゃった
ああ、ほとんどなにも・・・だけど
それで少し短くなったような気もする

でも
本当はそんなに困っているわけじゃないの

わたしって
意外と遅い自分も
きらいじゃないの
先生もなんだか分かってらっしゃるみたい

病院になぜ行こうと思ったのかしら
――そこに病院があるから
どこかの山登りの人みたい、クスッ

一つの階級（class）がもう一つの階級を制圧する。というのは人々は皆自分の財産を理由に尊敬を得ようとするからである。そして財産は一度得られると、才能や徳の故のみで得られるはずの尊敬を得ることであろう（VW, 140）。
心ある人々にとってこの世界を悲惨な光景と見せているような害悪や悪徳のほとんどは財産に対しての尊敬からまるで毒された泉のように湧き出すのだ（VW, 140）。

さらにメアリは、人種差別も「階級」のなせる悪行だと示唆する。「砂糖はいつも、生きた血から生産されねばならないのか？　人類の半分は、（理性の、引用者補）諸原理が男性の杯を甘くするためだけのしっかりした保護装置であるときは、哀れなアフリカの奴隷たちと同じように、自らを野獣扱いする偏見に従わねばならないのか」（VW, 144-145）。(5)以上のように、メアリは女性差別、階級（class）による差別、人種差別をすべて「階級」（rank）という人為的区分に基づく、不当なものと考えていた。したがって、彼女の女性解放のヴィジョンに描かれたのは性差別のみからの解放ではなかった。「社会にもっと平等が確立され、諸階級が破壊し尽くされ」（VW, 191）て「女性が解放され」（VW, 191）るのである。メアリのめざす女性解放は、社会全体の不当な差別を解消する中で実現されるものであったのだ。

以上が『女性の権利の擁護』の主だった主張であるが、メアリによる「解放された女性像」とは結局、①幼児期より男女平等な理性に基づく教育を受け、②経済的にも独立しており、夫に依存しない、③その結果社会に奉仕するという徳（virtue）を備えており、④社会への義務である子育て（これも理性の命ずるところに従う子供を養育することである）を立派に果たし、⑤その義務を果たすがゆえに、市民的権利を認められる、というものである。この解放された女性像が彼女の後に続く女性解放運動に直接間接に与えた影響ははかり知れないのだが、次節では、彼女の女性解放思想がいかなるものとして引き継がれていったかを見ていくこととする。

3 『女性の権利の擁護』とフェミニズム運動

『女性の権利の擁護』は一七九二年に出版されるや、イギリス以外でも注目を浴び、同年中にアメリカ版とフランス版が出版されたという。また、メアリ自身によると思われる校訂を経た第二版がやはり同年に出版されており、第一版を書き改めたところではさらに強い調子で主張がなされている。その後数年のうちにアイルランドやドイツでも出版された（白井［1980：377］）。イギリスでは女子教育書としての評価は高かったが、そもそも女性が政治的な議論をなすこと自体「下品」であるとの悪評を受けたうえ、フランス革命の恐怖政治化と一七九七年のメアリの死後に出版された『『女性の権利の擁護』の著者の思い出』と題する夫ウィリアム・ゴドウィンによる伝記がメアリその人に対する悪評を高めることになった（Janes［1978＝1988］）(6)。イギリスではごくわずかな論者を除

「パニック障害」？「うつ病が合併してます」？
へえ。
病気か。
薬をのむか。
吐き気がする。

三年たった
全然変わらない。
仕事はやめた、できない。
生活はどうなるんだろう。
重症だってさ、おれは。
いい気なもんだ、医者っていうのは
なおらなきゃ重症だって言っときゃいい

floating

I wonder why I came here
What destiny brought me to Japan
What destiny made me marry him?
What destiny made me decide leave Philippine?

Something strange, something
That makes me uneasy...
In the deepest corner of my heart
Mother land calling me

Japanese people...

They came with weapons seventy years ago
Now they came with soft weapons
To bring good singers, dancers, even nurses to the disguised heaven

Though the cloud is same
Wind soft
People are kind,

I am so isolated
Desolated
Thrown
Depressed

Heart beats suddenly
Sweat incredibly

Wanna cry
Terror squeezes me up all of sudden

Doc,
This tablet is useful?
Enables me feel as if
I am in my mother land?

No,
Cloud not same
Air not same
Trees not same
People not same

God?

Love?

Tablets?

Doctor?

Strange me still leaves me strange,
floating betwixt and between

死んだ

いつものようにあの川べり
遊びに行ってたよ
小学二年の、かわいかわいわたしの
りょーくん

目を離したこと一度もなかたよ
あのときほんのちょとだけ！
その時に川に入って行たよ

毎日泣いたよ
毎日

毎日
毎日
毎日

フィリピンからきて十三年なる
お父さんやさしい
大工仕事一生懸命する、
だけどお父さんもまいてしまった
精神病院入院したよ

周りのおばさんたち、
とてもやさしかたよ
いつも声掛けてくれた
わたしも病院に行た方がいい言われたよ

ちょと変わった先生、
ミンダナオ語とタガログ語の違い聞く
挨拶の言葉聞く
こんにちは、何？
「マヨ・ハポン」
ありがとう、何？
「マヨ・ブンタグ」
ハポンって、ジャパンに似てる言てた
ほんと、ちょとおもしろいね

だけどあの子帰らない
わたしが目を離したばかりに
どしてあのときだけ、

半年経ってもまだ泣くよ

周りのおばちゃんたち助けてくれる
今日先生が
わたしの目じーと見て
「あなたは皆から好かれる人です」言てた、
「マヨ・ブンタグ」

またかならずくつしたぬがせてあげるよ
りょーくん
だからそこで待ているのことよ

アスペルガー

おれだって女の子とつきあいたい
おれだって勤めたい
おれだって話せる
おれだってわらえる
おれは水草が異様に好きだ
なんでかは知らん
あのほやほやしたはかない様子が好きなのかな
おれはラジコンも好きだ
これは子供の時から
相当に詳しいぜ

おれはポタリングもする
スポーツマンだねってあの訳知り顔の医者、言ってた
サッカーもやってたことがある
団体スポーツがやれたんだぜ
最後はみんなに相手にされなくなってやめたけど
なんでか知らない
顔を見れなくなったんだ
正面から

殺したいくらいの奴もいる
いや
もう少しのところでやっただろう
あの、
しつこくからかいに来たやつ
おれのラジコンカーに手を出す奴だけは

ゆるさない

精神分裂病なんて二十のときいわれた
なんだそれ
おれには幻聴なんてありゃしない
被害妄想なんてありゃしない
ただどうして人と話していいか分からないんだよ
あの馬鹿野郎の医者の奴、
へんな病名つけやがって
言うことはいつも同じ
「お父さんのことを君はどうおもってたのかな」
なんとも思ってないさ。

それにしても、みんなどうして知らない同士が
そんなに簡単に話ができるんだ

で

それがアスペルガーっていうんだってさ
アスペの会ってのもあるんだってさ
ばかばかしい
おれは
おれの会にはいっている

今は職親にいってぼそぼそやってるけど
・・・おれだって女の子と話したいときもある
だけどどうやって話せばいいのか分からない
どうしても！

読めない

ちょっと恥ずかしかったけど
なぜか言いたくなった、
思い切って言ってみた
「先生、おれ漢字が読めない」
「簡単なのは大丈夫だけど。それで仕事もくび」
それから二十年、弟に食わせてもらってる

ご飯はおれがつくるんだよ
弟も四十五にもなって一人もんだし
ちょうどうまくいってるのかな

「おれ、漢字が読めないんですよ」
だから人づきあいしないわけじゃない
もともと友達とかいないタイプだった

先生が作業所に行くようにしてくれたけど
別に楽しいこともない
ただおれ、やりはじめると
わき目も振らずにやる。
周りが止めろっていうくらいまで、やっている
へんなやつさ。
先生、ちょっと驚いたみたいだったけど
なにも言わなかったな

先生がこれ読んで、ってカルテに書いた
木とか、人とかは読めたけど、新聞とか自動車は読めなかった

なんだかこんがらがってみえるんだよ、おれには。

何だろうこれはって思ったこともあったけど
そう考えることも今はもうやめた
とにかくおれは、漢字が読めない
そういう人なのさ。
先生、学習障害の一つ、とかなんとか言ってたけど
なんだそれ、
おれには今さらどうでもいい

ただ、漢字が読めてたら
もうちょっとましな人生だったかも
と思うことはある
まあでもここまで生きてきたのさ、なんとか。

生きてたからこそ
漢字が読めないことが分かるのさ
ふん、ふん。

はいっ

はいっ
ぼくはきんちょうする
むこうにいるのは
おいしゃさまだもの

「なまえはなんていうの」
はじめてみるひとに
ぼくは
はなしなんかできないんだ
「おとしは」
うん、それは二十五ってきいたかな

三十だったかな
でもどっちがおおきかったかな

「りっぱなからだだ」
なにかぼくのむねにあてて
うごかしている
「りっぱなからだだよ」
なんだかあかくなる

「で、なまえは」
やまさき・・・
くちまででてきてるんだけど
なんだかいえない
はじめてのひとは
はずかしいんだ、したをむいてしまう

「やまさきくんだね」
はいっ
こえがでた
はいっ
はいっ
はいっ

「のぞみ園でネギを作っているんだね」
はいっ
「たのしい」
はいっ
かおがどんどんあかくなってきた
たのしくもないけどいやでもない
はいっ

はいっ

ぼくははじめてのひとにはきんちょうしてしまうんだ

「小学校三年くらいの知能でしょうね」
えんのくぼたさんがおいしゃさんにいっている

はいっ！

発作

昨日のはちょっとひどかったみたい
気がついたら救急車の中
久々にガラスで手を切って、
縫ってもらった・・・

いつから始まったのか
自分では覚えてない
ただ、養護学校の時にはもう
一ヶ月に二回は必ず病院にいっていた
それでも週に二、三回は発作が起こっていたのかしら起こる前のあのいやな感じ。
胸のあたりがもやもやして
心臓がばくばくして
頭が痛くなってきて・・・あとは
気がつくと横に寝かされて、
そのままのときもあれば
病院で注射されたり。

薬をあれこれ変え
量を増やし
時には副作用で歯の肉がすごく膨らんじゃうから
それを削る手術までして、
足がひょろひょろしたり
物が二重に見えたり

今のように発作が二、三ヶ月に一回ですむようになって
二十年くらいになるのかなあ

でも今でも脳波をとると
「典型的なてんかんの脳波がでてます」って
お医者さんは言う。
あーあ、そんなこと聞いたところでなんにもならないけど

お父さんは足がだいぶ弱ってきた
でも、戦争で南方に行っていたから、強いのねきっと
八十五歳になっても、わたしを病院まで
運転して連れて行ってくれる
ありがとう。
お母さんの方が心配
透析に行き始めて三年

なんだか最近つらそうにしている

学校でて、三十年家にいる
テレビだけが友達。
結婚したいって思った時もあったけど
言えなかった、
両親もなにもいわなかった
ひとはわたしをばかと思っているのを知ってるわ・・・

テレビだけが友達
いや、
今はてんかんと、お薬と、多分お医者さんもね
わたし、しあわせじゃないけど、不幸でもないわ。

境界

わたしって一体なにやってるの
二十代も半ばの一番楽しいはずの青春に
三年間も不倫の相手をやって、
別に楽しくもないのに

その間に
四人と寝た
ケイタイで知り合ってね。
みんなただの一回きり

眠れなくなるし

将来が不安になる
いらいらしてくる
タトゥーを右手に入れた

なにやっているのかしら
つまらないわたし
薬をためこんでたくさん飲んだ
左の手首からゆっくり流れる血を見ながらね

救急車で運ばれて
胃にチューブつっこまれて
ゲーゲー吐かされて、包帯巻かれて。
馬鹿みたい

極端な対人関係

気分の大きな揺れ
ゆううつな見捨てられた気分
周りを振り回すような行動

境界性人格障害？
めがねの、頭がもじゃもじゃの先生が言っている
だからなんなの
先生がそれをなおすの？

わたしはこんなのなのよ、
ものごころついたときから
何もおもしろくなかった
自分が大事だなんて思ったことなんかない
アル中のお父さんとチック症のお母さんは
いつもけんかしてた

いまはお父さん、昔ほど怒らなくなったけど
だからなんなのよ！
自己破壊的ですね？
結局自分を傷つけてるよ？
先生寝ぼけたこと言ってないで、

わたしを眠らせてくれたらいいんだよ！
わたしは眠りたいの
二十四時間でもいいのよ
いや、二十四時間、毎日。

GID*

バカヤロー
おれは男なんだ
こどものときからそうだった
バカヤロー
スカートなんてはきたくなかった
むりやりはかされて

ばかやろー
おれは男なんだ
膣はあるけれど
そんなの関係ねー
おれの頭がそう言ってるんだ
バカヤロー
どうしてどんな書類にも男か女か丸をつけないといけないんだ

男らしくするために

筋トレしてがんばってるんだ

この細身をマッチョにするために

どれほどがんばっているか、誰も知らないだろう

ばかやろー

女なんてだいきらいだ

おっぱいを切り落とそうとしたことがある

さすが死ぬかもしれないと思ってやめたけど

ばかやろー
男と認めさせてくれないのは誰だ
おれは女じゃないんだ
お○んこがどうした
おれの頭がそういっているんだ
いつも黒いシャツとズボン姿の理由がわかるだろ?
女のおれは死んでいるのさ。

法律の

ばか

＊Gender Identity Disorder：性同一性障害

解離

お父さんの顔を見たことがない
どこにいるかも知らない
お母さんはいるけど
わたしにあまり関心がないみたい

頭の中で
おまえは
T.M.じゃないって考えが離れない
わたしは別人。

どうしても自分を「おれ」って言いたいの

なぜか知らない
おれって言わないととても
不安になる

もちろん自分を男とは思ってないわ
女はおんな、
それは子どものころから変わらない
あの医者、妙にしつこくそれを訊いてきたけど

ふと
どこか別の町にいたことがある
どうやってきたのか分からずに
それまでのことを思い出せなかった

恋人さんが連れていくって言うから

彼の故郷に来たけど
自分がなにをしているのか
よく分からない

お父さんがいない
どこにいるの
わたしは探しているのに。
探している自分を見ているわたしがいるわ

解離症状っていうんだって
ほかの病院では統合失調症っていわれたけど。
そういえばそんなきもする
でも、じゃあどうすればわたしはわたしになるの?

何

二年通って先生に初めて聞いてみた
「わたしって何の病気ですか」
先生しばらくだまってたけど

「うつ病の一種の気分変調症にパニック障害、それに
強迫症状も合併してる。摂食にも問題がある。
ああ、あと、ちょっとＰＴＳＤ的かな」

それって、なに、なんでもありじゃない、
でも自分でもそう思うわ。
気分よく過ごせた日なんて、一日もないもの

子どもが熱出して
小児科の先生にお母さんの責任もありますよ、って言われてから
抗菌ティッシューを手放せない
ドアノブをこすりだしたら止まらない
いつまでたっても
洗いものが汚れている気がして、へとへとになるまで洗っちゃう

突然怖くなって、なにもできなくなることもある
だから免許もせっかくとったのにもう、十年は運転してない

子どものころ
親からなにしても、誉められたことがなかった
それどころか
ちょっとしたことでひどく叱られた

一体なぜだったの
今でもお母さんが来ると、いやなのよ

そうなの・・・五つも病気があるのね、なおるはずがないわ

でも、子どもの頃の話をして
先生が書いて来いって言うから日記も書いていって
（たいてい同じことを書きこまれるけど）
お薬も飲んで、
なんとかやっていけそうな気もする

眠れない

眠れない
眠れない
眠れない
まだ三十をちょっとすぎたばかりの
そんなに不細工な女とも思わないけど
眠れない

なぜ?
こどものころから。
眠れない
眠れない

おまけに最近は外に出るのもおっくう
今よくいううつ病なの?
眠れない

眠れない
眠れない
眠れない
時計の音だけがひびく
昔の、秒針のある時計だもの
あれを買い替えなきゃ

眠れない
眠れない
わたしこんなことしてる場合じゃないわ
あしたは仕事を探しに行かなきゃ

店員でも事務員でも何でもいい
仕事しなきゃ・・・
ああ、ちっとも眠くならない

はじめてあのお医者さんのところに勇気を出していった時
「筋金入りの不眠症です」って言ったら
あの医者、
そりゃ、初めて聞く表現だなんて笑ってた、
こっちは泣きたいのよ。

睡眠薬くれて、一ヶ月はあの先生、神様に見えた
ほんとに眠れたんだもの！
でもそれからは単なるクソじじいよ
なんとかかんとか言いながら
わたしをねむらせることができないじゃない

「薬に慣れが来るのが早いね、さすがに筋金入りだね」
なんてはぐらかせて

あ、すこし眠気が来たかな
いやちがう
これは
ちがうちがうちがうちがうちがうちがうちがうちがうちがう

眠れない
筋金入り、
なんていやなことば・・・筋金。
わたしきっと筋金なんだわ
でも、筋金って、本当は何なのかしら

さ、寝よう。

明日先生の所に行って言わなきゃ
わたし、やっぱり筋金

ああ、眠りたいのよ!!
眠りの精さん、もういじわるはやめて・・泣きたいのよ・・

ああ、やだ

やだ、もう
いやだって言ってるじゃない
いやなの、なにもかも

学校も
先生もお医者さんも
カウンセラーの人も
勉強も、運動も、食べることも！

なんでそんなこと聞くの
太ってるって思うか、とか

どのくらいの体重になりたいか、とか
将来何になりたい、とか
生理はあるのか、とか!

やだ、
余計なお世話でしょ
中学二年になったばかりで
そんなことわかんない
わかんないことがわかんないの?
それでよくお医者さまがつとまるのね!

いやなの、とにかく
百五十センチで体重が三十キロ
だからなんなの
わたしは元気だし

学校にも行ってる
ママのほうがよほどへん
あちこち病院連れまわして

これ以上やせると入院？
勝手なこと言ってる、この先生
たまにはばりばり食べてるから
死んだりはしないでしょ
そのあと
ゲッて吐くこともあるけど
「摂食障害？」
ママも分かったような顔してうなずかないで！

ああ、どうしても、
イヤダ！

学校も
友達も
お父さんも
先生も
自分も！
だから吐き気がするのよ

わたし——アルツハイマーに吸い込まれていく

ああ、なんだかわからない
どうしてあの子、ときどきあそこにつれていくのかしら
白い着物を着ためがねの先生？
病院なのかしら
なにか怖いから先に言う、

「どうもない・・・犬を散歩に連れていってます」

それ以外に言うことがない
テレビなんか見てます？

テレビ？

「犬の散歩にいってます」

なんだかわからない
お肉?
冷蔵庫で腐ったままなんて娘が言っている
「どうもないです、犬の散歩にいってます」
ああでもそれしか頭に浮かんでこない
たしかにちょっとあせるわ・・・
どうなるのかしら

年を聞いている
年?年齢?・・・
「犬を散歩に連れていってます」
お薬だしておきましょうですって、
何の?

ときどき娘があそこに連れていく
どうもない、どうもない、どうもないのよ!
犬の散歩にいっているんだもの
犬の散歩にいっているのよ!

こわい
・
・
・
わたしはもういない
娘もしらない
わたしもしらない
ここはどこなの
・・・犬を散歩に・・・

注）この六十歳前後のご婦人は、およそ五年後の空白期を経て著者と再会した時には、寝たきりで、発語もなく全く誰も認識できない状態になってしまっていた。

ジャーゴン

この人七十歳
結婚して五十年
夢みたい

この人
お酒は好きだったけど
（仕方ないわね、大工さんはみんな、そう）
仕事はよくした
働くだけ働いた
今の過労死なんてことばが
おかしいくらい働いたわ

五年くらい前から
急に仕事がいやだって言いだした
間違えるんだって
以前できていたことが

それからは早かった
半年くらいして妙に怒りっぽくなった
病院に行ったら
「認知症」
お薬いただいてあまり怒らなくなった
でも
言うことが分からなくなってきたの
ジャーゴン――「ことばのサラダ」って

いうんですって
今じゃ本当に、なんでも入りのサラダ。
こっちの言うことに
意味のある返事は返ってこない
割合よくしゃべるくせにね

ジャーゴン
変な言葉ね

最近はおもらしも始まった
わたしが全部始末する
先生はえらく誉めてくださった
「普通、失禁が始まったら施設入所のタイミングです」

いえ、

わたしはできるだけします
それがわたしの仕事なんです
この人が働いた分の。

せん妄

それから変なことが起こったのよ
全然眠れない
隣の建物で郵政公社の奥さんたちがおしゃべりばかりしてる

かべにろうそくを持った女の子が
ずらっとならんで見える
わたしを暗い部屋につれていく風がぴゅーぴゅー吹く

誰か止めて！
でも看護婦さんは相手にしてくれない
こわい！こわい！こわいわ！

歩けないのにベッドからおりようとしたらしい
手足をとうとうしばられたんですって
子羊のようにおとなしいわたしを。

思い出すと
暗闇の中で
頭の中がボーボー燃えているような

一ヶ月は続いたらしい
点滴ばかりして
お薬飲んだらだんだんおさまった
・・・・・・

長いたたかいだった
最初に変に感じたのは手首
水洗いのときに何か違和感が。

病院でリウマチって言われたのが五十のとき
六十代になって膝と股関の手術を
三回

不安だったけど
そんなに暗くもならなかった
もともと楽観的なほうだったからかしら

でも食欲がなくなって
おなかが痛んで
救急車で運ばれた。

あとはよくわからない
輸血して
お医者さんが胃の出血をクリップしてくださったと
その後。

長いたたかいだった・・・
十年は飲み続けた痛み止めのせいらしい
院長回診の時、主治医の先生が怒られてた。

長いたたかいだった
はじまりから三十年

今はリウマチも胃痛もせん妄もすべてが朝露と語らう

老い

おれは不思議なノルウェー人
若いころはインテリで
役場の要職もやったことがある
大学で少し教えたこともあった

おれは不思議なノルウェー人
それから世界中をまたにかけ
(というのも大袈裟だが)
貿易業をやってきた

おれは不思議なノルウェー人

英語を読むのも大好きさ
もちろん「ソフィーの世界」は
原語で読んだけど

おれはへんなノルウェー人
気がついたら五十歳
日本の女性と知り合って
なぜか結婚しちゃったのさ

九州の片田舎に居を構え
八十になっても運転し
ネットでノルウェーのホームページを見て
ニューヨークタイムスを毎朝読む

ある日突然気がついた

おれはトシをとったのだと
ワイフが具合が悪いという、
ワイフがいなけりゃどうなるんだと

ノルウェー人でも何人でも
としをとるのは嫌なもの
急に不安になって落ち込んで
ワイフの後を追いまわすざま
精神科の病院に連れられて
行ったが良かった
先生が英語を話してくれるじゃないか
ちょっと安心、ひと安心

おれはへんなノルウェー人だが
何人であれ薬はちゃんと効く

二週間でもとのおれに
もどっちゃった

こんなに薬が効いたのは
初めてだって先生は言う
そりゃ、薬だけじゃあないさ
ことばが通じたのが大きかったのだよ、ドクター

おれは不思議なノルウェー人
いずれここで死ぬだろう
なぜだか故郷に帰りたい気はしない
ここが故郷とおもってもないのだけれど

「ソフィーの世界」にあったなあ
〃ぼくたちはこのすばらしい世界に招かれ、

出会い、自己紹介しあい、
すこしのあいだいっしょに歩く〃

〃すこしのあいだいっしょに歩く〃
それがこの年になって
しみじみわかるよ。
すこしのあいだでも素敵じゃないか

酒

おれはなんでもやった
中学を出て工事現場で働き
炭鉱で炭を掘り
炭がなくなると
トラックに乗った

深夜に走るんだから
朝は眠い、
だけどなぜか眠れないんだよ
それで酒をあおると
気持ちよくいくのさ・・・

そのうち段々同じ量じゃ利かなくなった
五合飲んで起きて運転すると
やっぱり危ない
かまほって
相手は脊損

それで二年、
これでもまじめなほうだから
ちゃんと刑期はつとめた
おかげで
一年半で娑婆に

だけどもう四十半ばさ
犯罪歴のある男をだれが雇う

瀬戸内の小島の
大木切の仕事にようやく
ありついたが

あれほどきつい仕事はねえ
先生、
あれほどきつい労働はねえよ
今の世の中で
あれをやれるのはめったにいめえ

だから終わると飲むのさ
頭の弱いおれだから
後は飲むしかねえんだよ
ある日気づいたら
木を切る力がねえ

肝臓が悪いのさ
顔が真っ黄色になっちまって
さすがに島で一つの病院に行った
仕事は無理だって言われて
やっぱり最後は故郷に戻ってきたわけさ

ねえ先生
あんた
そんな白衣着て
柔らかい椅子に座って
もの書きながら一日過ごしてるのかい

酒飲んでももう眠れねえんだ
睡眠剤いくら飲んでも眠れねえんだ

だけどやっぱりどっちも
やめられねえ、
今さらやめる気なんかねえ

やめてどうなるってんだ、先生
「あんたはまだ世の中にしてやれることがある」
なんてきれいごと言うけど、
ないね。
五十六になって

肝臓が悪いアル中に
なにができるんだよ
先生・・・だけど
あの木を切るのだけはつらかった
あれをやれるのはおれだけだよ

あんたはそこで座ってもの書いてりゃいいさ
あんたにはアレは絶対できねえ
オレはあんたのやってることはできねえがな。
あんたはあんたでいいだろ、
おれはおれでいいんだ

飲んで、半年もすりゃ死ぬだろう
おりゃ、誰も恨んだりしちゃいねえ、
それでいいじゃないか
きっと神様がそういう運命をくれたんだろうよ、
それだけの話だよ、
なあ、先生。

アソコ

母は自殺した
十のとき
妹も死んだ
三年前
飛び込んで

結婚して子どももできたけど
育てきれなかったのよ
ときどきすごく落ち込んで
ときどき耳鳴りもして
結局わかれた

子どもは兄がひきとってくれた
それからずっと一人
調子いい時はほんとに普通
でも
長く続かないの

生活保護を受けて十年
精神病院に通って八年
入院が三回
頭がぐちゃぐちゃするときは
入院するしかないのよ

こないだ用事で保護課に電話した
そしたら

「その子、アソコに通ってるから」って
遠くで言っているのを
電話が拾ったのよ！

そうよ、アソコに通ってるわ
だから何なの！
わたしだってばかじゃない
何が言いたいのか分かってる

アソコで悪かったわね

神様
どうしてお母さんは死んだの
子どものわたしが見付けたとき
手はまだ温かかった

どうして
妹も

あんまりくやしいから
怒鳴りこみに行こうかと思った
先生までばかにしてるじゃない！
看護婦さんも！
病院全部もよ！

新聞にでも言ってやろうと思った
なんとかがまんしたわ
保護を受けてるのは、事実
なにより皆に迷惑かけてしまうと思った
だけどどうしても先生に話したくなった
電話したわ

指

みごとに上下左右
曲がり
開き
形づくり
しゃべる
手話

これはコミュニケーションを超えた
芸術《アート》

律儀に受診するろうあ者の

指、
あるいは人類は言葉より先に
手話をもっていた？

しみじみと指を見てみる
五本というのもなにか
自然に反するような
しかし五本
二本でピアノを弾く人もいるが

思い出す
母の、すべて尺側に曲がった
リウマチの指
なにも形づくることができない指

でもわたしの
腱鞘炎の指をゆっくり
静かに握ってくれた
そのぬくもり
それはどんな鎮痛剤よりも
痛みを鎮めた

現代《いま》こそ
指を忘れることなかれ

到達せよ
指が到達するところへ

N

なぜ死んだんだ
友達の少ないおれの
ともだち

一回目飛び降りて
奇跡的に助かって

ああ、
まだおまえの電話の声が耳に響くよ
「どうでもよくなったんだ」

何がどうでもよくなったんだ
どうでもよくなっても
死ななくてもいいじゃないか
死ななくてもいいじゃないか
死ななくてもいいじゃないか

と今言ったところで

二回目が半年後にあるなんて思いもしなかったよ・・・

三十年たった今なら
すぐに入院させただろうな
大うつ病重症エピソード、希死念慮強度あり、措置入院!!

むなしい

すまなかったなあ
おれには分からなかったんだよ
あのときは精神科の医者じゃなかったんだ、まだ

すまなかったなあ

だが
不思議なものだよ、時間は
おれもゴタゴタやってる間に
多分そう遠くないところまできた

でもな

会いたいんだよ
今夜

マーラーの復活の音《ね》が
天空の隅々にまで鳴り響くときに
おまえの好きだったマーラーが

あとがき

わたしが詩作を始めるようになったのはたかだか、八年前。患者さんの治療に用いてみよう思い、グループで詩の朗読会を始めたのがきっかけだった。なぜ詩を用いたのかは、自分でも明確な理由を思い出せない。ましてや理論づけなどできない。しかし、振り返ってみると、精神疾患を抱えた人は、社会の、あるいは病気を抱えたヒト全体からみてもマイノリティ、詩という文芸領域も文学の中のマイノリティ、両者マイノリティであるゆえの親和性があるのでは、というのは詭弁か（ちなみに精神科医も医者の中のマイノリティであろう）。だが、例えば萩原朔太郎の詩作品など、実際相当に神経症的である。

どの科でもそうだろうが、長年医師として臨床をやっていると、強い印象を残す患者や、忘れがたい患者という人たちがいるものである。わたしにも同様である。幾人かの例外を除き、そのような人々でこの「40人」を編んだ。疾患のイメージを世に知ってもらいたいという気持ちも多少あった。

上梓にあたって、力づけてくださった星和書店編集部の岡部浩さん、イラストレーターの鈴木博美さん、また40人の方々、およびすべての患者さんに感謝申し上げる。そして、彼らに、今は暗闇の中に閉じ込められていたとしても、希望《エスペランサ》こそが最後で最良の薬であることだけは決して忘れることのないように、申し添えたい。チリの33人にとってそうであったように。

平成二十二年秋

神谷　和弘

著者

神谷和弘（かみや　かずひろ）

1954年生まれ、福岡県在住、精神科医。
著書に、詩集『夕日と狂気』、詩集『ENIGMA』、『日韓環境詩選集　地球は美しい』がある。

詩集　40人

2011年2月7日　初版第1刷発行

著　者　神谷和弘
発行者　石澤雄司
発行所　株式会社 星和書店
東京都杉並区上高井戸1-2-5　〒168-0074
電　話　03(3329)0031(営業部)／03(3329)0033(編集部)
FAX　03(5374)7186(営業部)／03(5374)7185(編集部)
http://www.seiwa-pb.co.jp

　ISBN978-4-7911-0760-5